*Pour le dragon qui habite mon jardin*
*V. D.*

# Le Duc aime le Dragon

## DEUX FABLES CHINOISES

racontées par Chun-Liang YEH

illustrées par Valérie DUMAS

HONGFEI

# Duc Ye
# aime le Dragon

En Chine, dans une ville au bord
du fleuve Jaune, vit Duc Ye
qui aime le dragon.

Dans sa maison, tout est dragon.
Ici dessiné sur la porte, là sculpté
au plafond : où qu'on tourne la tête,
on voit forcément un dragon.

Duc Ye aime tant le dragon qu'il offre
à son épouse des tas de cadeaux
en forme de dragon. Lorsqu'elle marche
dans la maison avec ses bijoux
qui s'entrechoquent, le duc se dit :
« Ah ! Comme il m'est agréable,
ce bruit de dragon ! »

Le vrai dragon vole dans le ciel,
et il a l'oreille fine. « Hum ! Je sens
que par ici un homme m'aime fort.
Il m'a l'air sincère, je vais lui rendre visite,
ne serait-ce que par courtoisie. »

Et aussitôt, le voilà qui se fait accompagner
par le tonnerre et la foudre pour une visite
solennelle chez le duc.

BRAOUM ! Tout ce tapage fait trembler
la maison du duc de haut en bas. Passant
sa tête à la fenêtre, le dragon demande :
« Le duc qui m'aime fort est-il là ? »

Duc Ye, installé confortablement
dans son salon pour boire un thé, manque
mourir d'effroi lorsque surgit devant ses yeux
une tête verte aux deux cornes géantes
et au souffle chaud.

« Qui êtes-vous ? Que voulez-vous ? » dit-il
en tremblant, laissant tomber son bol de thé
qui éclabousse sa nouvelle robe brodée
de dragons. « Qui que vous soyez, vous êtes
certainement très indélicat ! » poursuit le duc,
tout contrarié.

Le dragon est confus : « Ah ! vous ne me
reconnaissez pas ? Je suis le dragon
que vous aimez tant ! »

Il avance d'un pas pour que l'homme le voie
bien, mais cela épouvante encore plus le duc,
qui se réfugie derrière son fauteuil aux pieds
sculptés de dragons : « Non seulement
vous êtes indélicat, mais vous êtes
aussi un menteur. Un dragon ?
Vous ne ressemblez pas
à mes dragons à moi ! »

Cette fois, le vrai dragon est offensé : c'est
la première fois qu'on ne le reconnaît pas,
et surtout qu'on lui manque de respect.
Mais ça l'amuse aussi de voir cet homme
original qui ne se comporte pas comme
tout le monde. Malicieusement, il demande
au duc : « Auriez-vous la gentillesse de me
montrer à quoi ressemblent vos dragons ? »

Pressé d'impressionner l'intrus, Duc Ye
tend un bras, montrant avec résolution
un paravent doré couvert d'images
de sa créature fétiche.

Le vrai dragon éclate de rire : « Le peintre
a beaucoup d'imagination, mais il n'a
probablement jamais vu de vrai dragon ! »
Puis il rentre chez lui.

Duc Ye le regarde s'éloigner et soupire :
« Entre ce qui est vrai et ce qui me plaît,
mon choix est fait ! »

## MORALITÉ

Quand on croit aimer une chose, en réalité
on aime souvent l'image qu'on s'en fait.

Depuis la rencontre du dragon et du duc Ye, partout en Chine, pour parler de celui qui préfère la représentation d'une chose à la chose elle-même, on dit *en quatre mots* :

葉 公 好 龍
ye   gong  hao  long

**« Duc Ye aime le dragon. »**

# Duc Yi
# aime le Dragon

En Chine, dans une ville au bord du fleuve Bleu,
vit Duc Yi qui aime le dragon.

Tout le monde sait qu'un cadeau en forme
de dragon lui plaira assurément. Un mois
avant son anniversaire, ses amis se mettent
à visiter les grandes boutiques du pays,
afin de lui trouver un cadeau original
inspiré du dragon.

Le jour de son anniversaire, ils se rendent
chez le duc pour lui offrir les trésors
qu'ils ont dénichés.

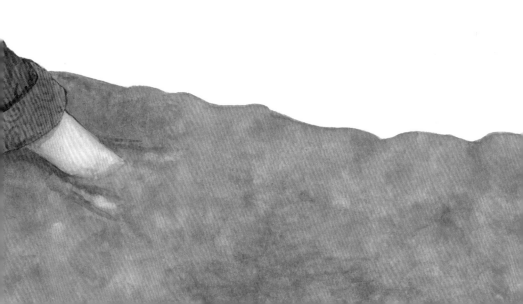

Pendant le banquet, les cadeaux sont ouverts
un à un. Ici une théière décorée d'un dragon d'or,
là-bas un luth orné d'une tête de dragon.
La maison du duc est maintenant plus riche
en merveilles qu'un musée du dragon.

Pour compléter cette profusion de beaux objets,
le peintre le plus célèbre de toute la région
présente au duc sa création : une peinture
de deux dragons, encore roulée et liée
par un délicat ruban de soie.

Tous les regards se dirigent vers les doigts
du peintre lorsque celui-ci détache le ruban
et déroule son œuvre devant Duc Yi.

« Magnifique ! » « Époustouflant ! » « Fantastique ! »
« Les dragons ont l'air si vigoureux qu'ils semblent
prêts à s'envoler. » Les invités ne tarissent pas
d'éloges. Duc Yi en est comblé.

On entend toutefois comme un bruit courir
dans l'assemblée : « Pas de pupilles ? »
« Pas de pupilles. » « Ces dragons n'ont pas
de pupilles ! » Le murmure va grandissant,
jusqu'à parvenir aux oreilles du duc.

Duc Yi est rouge de contrariété : le peintre
se serait-il moqué de lui, en lui offrant
une peinture inachevée ?

Avec précaution, le peintre lui explique :
« Vénérable duc, donner des pupilles
à ces dragons, c'est risquer de les voir
s'envoler ! »

Duc Yi reste perplexe : « Cher ami, nous te
croyons volontiers. Pourrais-tu, malgré tout,
nous offrir le plaisir d'un spectacle
de dragons animés ? »

Résigné, le peintre fait installer la peinture
au milieu de la cour et se met à dessiner
des pupilles à l'un des dragons.

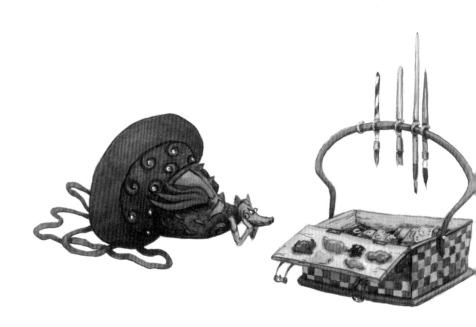

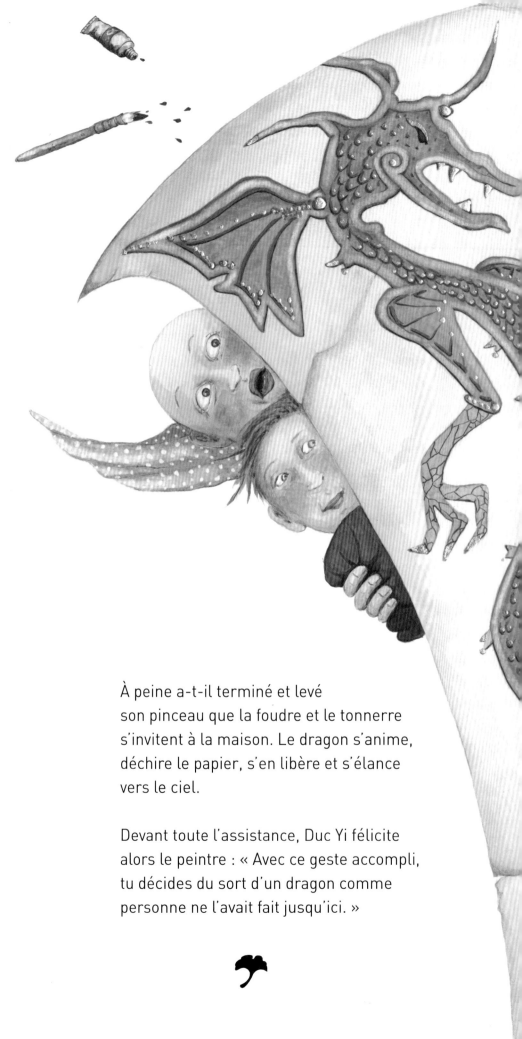

À peine a-t-il terminé et levé
son pinceau que la foudre et le tonnerre
s'invitent à la maison. Le dragon s'anime,
déchire le papier, s'en libère et s'élance
vers le ciel.

Devant toute l'assistance, Duc Yi félicite
alors le peintre : « Avec ce geste accompli,
tu décides du sort d'un dragon comme
personne ne l'avait fait jusqu'ici. »

## MORALITÉ

Une touche de génie à point nommé
peut transformer une chimère en réalité.

Depuis qu'un dragon peint s'est envolé de son tableau, partout en Chine, pour parler de la touche finale d'une œuvre extraordinaire, on dit *en quatre mots* :

# 畫 龍 點 睛
hua   long   dian   jing

« Peindre la pupille sur l'œil du dragon. »

**Chun-Liang YEH,** voyageur entre les cultures, a été formé à Taïwan, en Grande-Bretagne et en France, où il vit actuellement. Ses contes et histoires, nourris de la riche tradition littéraire chinoise, s'ouvrent à des sujets contemporains et universels. Traducteur chinois des *Paradis artificiels* de Charles Baudelaire (Faces Publications, Taipei 2007), il a signé le texte de plusieurs albums jeunesse dont *Pi, Po, Pierrot* (HongFei 2008), *Les Deux Paysages de l'empereur* (HongFei 2010) et *L'Autre Bout du monde* (HongFei 2011).

**Valérie DUMAS,** femme-peintre et aussi illustratrice. Deux métiers ? Non, deux manières de s'épanouir, d'exprimer son bonheur de vivre et d'affirmer son art d'être femme. Sous un même toit, son atelier jouxte sa garde-robe, ses cartons à dessin se casent entre ses boîtes à chaussures, ses tubes de rouge à lèvres se mêlent à ses tubes d'aquarelle. Chez elle, falbalas et talons hauts s'emmêlent les pinceaux pour créer des univers intimes, tendres et sensuels, souvent enrichis de feuille d'or. Du haut de ses onze ans, sa fille se dit qu'elle est à bonne école. Un bel héritage...
Illustratrice, elle a notamment signé les images de *La Princesse parfaite* (Thierry Magnier 2010) et d'*Animal en cavale* (Thierry Magnier 2009).

**HongFei Cultures** 鴻飛東西文化交流事業 est une maison d'édition interculturelle créée en France en 2007. Elle a comme objectif de favoriser la rencontre des cultures européennes et extrême-orientales par la littérature augmentée d'illustrations originales. En privilégiant la littérature de jeunesse, ses publications ont comme thèmes principaux le voyage, l'intérêt pour l'inconnu et la relation à l'autre.

Depuis des milliers d'années, les Chinois aiment à se raconter des histoires. Ils résument certaines d'entre elles en formules de quatre mots appelées *chengyu*. Toujours familières aux Chinois d'aujourd'hui, ces expressions proverbiales portent généralement une sagesse pratique. Elles aident ceux qui les connaissent à appréhender une situation avec perspicacité et à agir de manière adéquate et efficace.

La collection *en quatre mots* fait découvrir aux lecteurs français les histoires qui sont à l'origine de quelques fameux *chengyu*.

### dans la même collection
Face au tigre
Mais où est donc le lapin ?

### sur la couverture

 Un sceau portant quatre caractères chinois qui se lisent de haut en bas, de droite à gauche. Ils signifient « histoires à l'origine des *chengyu* ».

 Un sceau portant les deux caractères chinois *HongFei* qui signifient « grand oiseau en vol ».

 « Dragon » en caractère chinois en écriture cursive.

**écoutez les *chengyu* de cette collection**

sur le site de la revue *Planète chinois* :
http : //planete-chinois.cndp.fr

www.hongfei-cultures.com

Coordination : Loïc JACOB
Texte : Chun-Liang YEH
Illustrations : Valérie DUMAS
Graphisme : Pauline KALIOUJNY
Relecture : Sophie HARINCK

•

Publié par les éditions HongFei Cultures
Champs-sur-Marne, France
ISBN : 978-2-35558-038-3
Dépôt légal : octobre 2011

Imprimé et relié à Taïwan
par Huang Cheng Printing Company, Ltd.

Conforme à la loi n° 49-956 du 16 juillet 1949
pour les publications destinées à la jeunesse.